MAIS (UM) NADA

Catalogação na Publicação (CIP)

B817
Brandão, Jacyntho Lins, 1952-
Mais (um) nada / Jacyntho Lins Brandão. 1.ed. -
Belo Horizonte : Quixote+Do Editoras Associadas, 2020.
88 p.
ISBN 978-65-86942-01-9
1. Poesia brasileira. I. Título.
CDD: B869.1

Bibliotecária responsável: Fernanda Gomes de Souza CRB-6/2472

Revisão Valter Braga
Projeto gráfico Caroline Gischewski
Editores Alencar Perdigão, Cláudia Masini, Luciana Tanure
Assistência editorial Sofia Rossi
Fotografia do autor acervo pessoal / divulgação

QUIXOTE+DO EDITORAS ASSOCIADAS
WWW.QUIXOTE-DO.COM.BR

Jacyntho Lins Brandão

MAIS (UM) NADA

EDITORAS ASSOCIADAS

Nadie es alguien,
un solo hombre inmortal es todos los hombres.
Como Cornelio Agrippa, soy dios, soy héroe,
soy filósofo, soy demônio y soy mundo,
lo cual es una fatigosa manera de decir
que no soy.

Jorge Luis Borges

PROÊMIO

MAIS (UM) NADA

Sempre pensei poesia
Mas nunca versos escrevi:
Aquilo da coisa fria
Que baixa, noite do dia
Este dia eu já perdi

Sempre pensei poesia
Mas nunca quase escrevi:
Minha vida é incompleta
Momento algum subsiste
Pra que ser alegre ou triste?
Sem metro haver que conserte
Quem somente não é poeta

Sempre pensei poesia
Escrevê-la pouco quis
Tristeza, gáudio se havia
Disso escapei por um triz

Escrevo não, sendo contente
Escrevo não, quando arrasado
Escrevo não, conscientemente
A quem diz: minto, digo: mente
Pois só escrevo atrasado

Hoje quero é mais mudar-me
E vou fazendo este tanto

Sem plano, nenhum alarme
Sem saber fazer portanto

Desfazer-me a vida veio
Sem alarde, desencanto
Fico eu partido ao meio
Cada metade em mim arde

Quando baixa a coisa fria
Dia, tarde, noite escura
Sem achados, só procura
Incompleta a vida fia

E só poesia me resta
E só poesia me apresta
E só poesia me atesta
Só poesia me molesta
Só poesia ______________

SETE SONETOS SOBRE (O) NADA

para bernardo
poeta

MAIS (UM) NADA

I

soneto só ser for metassonético,
é o que prescreve o manual de estilo
não sei se sigo se desprezo aquilo
ou se me rendo a tal preceito estético

posso escrever dizendo que assim fi-lo
por não saber falar com outro modo
goste desgoste quem, não me incomodo
pois em soneto falo e me aniquilo

se é proibido aqui falar de rosa
(e era melhor caso escrevesse em prosa?)
de flores eu também já ando cético

meu tema com soneto mais entrosa
e nada pode dizer desairosa
a forma em que até rosa é dom poético

II

uma palavra falsa resta (ah! sim)
uma palavra. uma moeda falsa
o ser moeda por não ser realça
dizer de enganos – digo justo assim

que seja falso: menos não de mim
palavra gasta rota vã descalça
o que te digo – a voz que em mim se me alça

o desafio de falar-me enfim
pouco me importa ter sinceridade
importa pouco a mim o ser autêntico
o ser! – mergulho nada obscuridade

se sou falsário é que há em mim verdade
não a verdade do que diz-se idêntico
de mim, poema, impura qualidade

III

aos trinta comecei este poema
pois muito e mais dois tantos sim queria
falar da experiência que vivia
como se experiência já houvera

aos sessenta revi o meu poema
pois algo e pouco mais então havia
do tempo, a dizer, que transcorria
posto pra mim em sua face austera

aos noventa desfio só lembranças
farrapos sem memória em meu poema
de quem pouco a dizer se afiança

e quando aos cento e vinte enfim me alcança
não ter nada a dizer que valha a pena
conquisto a bem buscada aventurança

IV

aqui escrevo isoladamente
(termos com mente são inadequados)
não chega quem me lê a minha mente
só mente ela a quem lê desavisado

posso fingir que sinto isto que finjo
pois tudo é só tal jogo de palavras
elas não sabem, ponto algum atinjo

só me tinjo (e a rima pede aldravas)
com tintura de quem se faz sincero
e colhe sentimentos de sua lavra

mas sobre os sentimentos meus impero
só sinto isto que finjo, isto que quero
dizer que sinto logo faz-se mero
jogo que a língua minha logo trava

V

> You know, what's dreadful about dying
> is that you are completely on your own
> **Lolita, apud Nabokov**

morrer: ficar sozinho só consigo
sem mundo sem sentidos frio inerte
a concretude que no nada investe
a comorrência em solitário abrigo

terrível condição estar no próprio
sem outro que te sirva de espelho
sem olhos para azul para vermelho
em sono absoluto: este meu ópio

o mundo que antes era terminou
afetos pensamentos noite e dia
presente que ao passado aniquilou

estar sempre comigo é o que restou
sem outro em que mirar-me como havia:
completely on my own – alone! – you know

VI

se é que algo tem, eu não posso saber

mergulho em confusão do véu de maia
sob estes olhos tudo quanto caia
é só aquilo que me é dado ver

se é que algo tem, não posso conhecer

sem ter comigo mente que me traia
sem ter filosofia que me atraia
pra se suster e me subverter

pior está em não poder dizer
que um algo tem detrás do que enfim digo

digo este ser o máximo castigo

que assola a mim que busco por um ser
que não é não conhece nem se diz

(acabo aqui: e fujo pra paris!)

VII

estes sonetos são meu exorcismo
meu exercício de matar a forma
que inconformada sempre vem informa
o nada dito que em meu verso cismo

se é em cismar à noite nos abismos
sozinho e o verso em si não se reforma
meu exorcismo: só seguir a norma
de forma própria a esses cataclismos

por que não cismo em liberar o verso
em seu reverso conduzi-lo anverso
quebrando as normas dessas velhas práticas?

é que escrevendo versos só converso
com formas nada próprias a um converso
que se exorciza em doses homeopáticas

B I O G R A F E M A S

M A I S

(U M)

N A D A

MARCA D'ÁGUA

Das marcas de nascença que carrego
– Uma mancha no dorso ninguém vê
Um nariz adunco que –
Mais dói a marca d'água que nesta alma
Que não sei quê

Das marcas de nascença que me marcam
A mais funda eu sei que desconheço
Aquela que me vem desde o começo
De não sei quando

Pra mim quando nem mesmo quando havia
Nem fim, nem começo e o que há no meio
Essa marca da falta que me veio
Marcou-me onde

Falta de quê, quando e o que se esconde
Falta por que meu corpo não responde
Falta de mim, ardência, falta expressa
Não sei por quê

Das marcas de nascença em mim impressas
Cabeça esguia, mãos de moça – é o que pergunto –
Mais o nariz adunco – do conjunto
Que me marca

A marca de nascença que me abarca
Pura falta pra mim é uma sentença
Falta pura de que simples presença
Já me encalça

O desejo de viver

MENINEZ

Se a cada passo que dou me dizem: não dê tal passo.
Se a cada laço, me dizem: não crie laços.
Se a cada abraço: ___________
Não sei que faço.

Imundo é o mundo que me rejeita.
Mas potro dado não se enjeita.

Se a cada olhar que lanço: fica ao remanso.
Se a cada toque que dou: nada me alcanço.
Se a cada ideia: ___________
Não me afianço.

Mundo perigo que me espreita.
Mas burro dado não se enjeita.

Se a cada traço que traço: logo destraça!
Se a cada maço: pois que desfaça.
Se a cada: nada.
Dê-se por feita.

TEMPOS

perdi meu tempo escrevendo coisas sérias
relatórios convênios comentários
perco meu tempo escrevendo versos longos
que ninguém lê

passei a vida com pessoas médias
notários escrivães otários
perdi meu tempo procurando versos
sem escrever

cada linha que traço sai oblonga
e se alonga e se alonga
o que quero dizer-te é tão breve
mas quem se atreve?

cada dia me perco em coisas nédias
reluzentes deprimentes
só não quero que digam que não disse
tudo que visse

(MI)ASMA

Em tais dias cinzentos
Dói-me a sinusite
Só então experimento
Que alma em mim existe.

Quando ao ar ofegante
Dá-me ao peito a asma
Sinto nada adiante
Alma é puro casma

Basta um dia cinzento
Vem-me tal sufoco
Que por dentro arrebento
Nada: surdo soco

Dia se há em que chove
Doem todas juntas
O meu corpo dissolve
Vai-me a alma junta

Noite negra agourenta
Pega-me acordado
Alma que se afugenta
No que tem sonhado

Quando vem alvorada
Perco-me insone
Alma assim torturada
Em cruel ciclone

Nos fulgores do dia
Para-me meu sangue
Pois viver me angustia
Deixa a alma exangue

E em tais dias de cinza
Sinusite e asma
Em minha alma ranzinza
Sinto meu miasma

ANTIBANDEIRA

O teu seio que em minha mão
esteve nunca, o meu poema
trunca! não há Platão que o diga,
de modo que se o siga:
a não ideia do seio de ninguém.

FILOSOFIA PRIMEIRA

sina e problema
em ser filósofo
é não ter rima

INDIMENSIONADA DIMENSÃO

A quarta dimensão que é a memória
logo se esvai quando se vai embora
o que lhe resta dos sentidos
pele língua ouvidos olhos
e por primeiro o cheiro
(em mim)

Nada na mente sem por eles passe
(passagem de um dos livros de aristóteles)
mundo preenche o fundo
consciência sentido chei(r)o
(de mim)

Quando embora eu for
será por puro excesso
de lugares de tempos e de tudo
preço de tanto acúmulo em recesso
(ruim)

Na quinta dimensão: esquecimento
indimensão desvio vago peito
definição nenhuma só vazio

( )

Parto eu assim e sem deixar história
vitória nem fracasso nem memória
repouso dos sentidos
na dimensão milésima
do sem sentido: o não
dos cem sentidos cento e um
que não senti

A quarta dimensão que é a memória
(la cita de un libro que es de borges)
se não se vai quando se esvai
embora não se esvaia
o meu anelo é que caia –
indimensionada dimensão:

Tato inerte olhos sem ver
gosto de nada ouvidos moucos
e o cheiro de mundo não é pouco
– imundo fundo sisudo surdo –
como passagens pra esquecer
de mim

A quarta dimensão que é a memória
de mim não é por esvair-se já
já vou-me embora – em boa hora – já se vê
toques rumores o gosto as cores
e mais os cheiros

se ficarão de mim:
                                        são de você

BALANÇO FINAL

O balanço dos feitos
Quem quiser que se farte
Nada diz-me respeito
Prontuário digest lattes
Não alcançam meu peito
Só palavras sem arte

O relato dos fatos
Não compõe uma vida
A sequência dos atos
Não é meta cumprida
De fracassos me farto
E de vida perdida

Este peso dos fados
Que desfaz todo feito
Que desmancha os fatos
Estraçalha sem jeito:
Fatos fados feitos –
É assim que me mato

ATURDIMENTO

Deus me livre de querer escrever um best-seller
Deus me livre de querer adular quem me repele

Me livre Zeus de em vão pretender este absurdo
Me aturdi (pois não há como eu dizer: me aturdo)

Mas é agora que me atinge este desejo insano
De numa frase pôr inteiro o que é humano

Essa frase (que sei eu?) nunca jamais existe
E se fosse (queira Deus!) seria mero chiste

DESALVORADAS

Sócrates: Que hora, no máximo?
Críton: Aurora profunda

Nem bem manhã, já alvorece
Vigília toma-me o calcanhar e os dedos
Sobe-me as pernas os quadris e o sexo
Atinge o peito os pulmões e fígado
Invadir tenta até o tino exangue
Que resiste: que hora é, no máximo?

Nem bem manhã, quando amanhece
Falta-me seiva para pensamentos
Dos meus sentidos falta todo o nexo
Em meio a sono mundo vão mitigo
Para saber ainda falta sangue
Que dorme plácido em manhã profunda

Quando alvorece, nem bem manhã
A confusão do que me vai por dentro
Olhos que se abrem da luz ao reflexo
Pouco é que sei se já me vou comigo
Sem pensamento que a esta hora vingue
Sigo afogado em muita água funda

Não quero, não, ter mais manhãs
Que me sequestrem de simples momentos
Da existência em meu mundo anexo
Inconsciência, solidão, abrigo
Do turbilhão de dores que já cinge
Esta vigília feita de horas ácidas

Não busco mais estar com alvoradas
Que falte sangue pra discernimento
E movimentos em meus membros flexos
A consciência do mundo desligo
Do poço o fundo sinto que me atinge
A paz das horas nas auroras plácidas

Que aurora, no máximo? Hora profunda

T E R C E T O S

(Theatrum mundi)

M A I S

(U M)

N A D A

I

Da vida a simples mascarada
Que leva reis, que leva servos:
De gente leva condenada

A nada além de cada máscara,
Entregue a seu papel – que lástima!
O tempo só de durar áspera

A pulsação de incertos atos,
A personagem sorteada,
Simples ação, em simples fatos,

Simples assim: a indumentária
Escolha não foi feito dum
Nem de ninguém de mente vária:

Só simples sorte ter tal porte –
Não que se cure disso aquando
Parelho vem mando da morte.

II

Quem olha com visão aguda
Os fios que delgados sobem
De cada ator, marionetes

Manipuladas pelas mudas
Mãos invisíveis que sacodem
Seres que tolos se repetem,

Conhecerá ser só confete
Tudo que vidas tais englobem,
Esforços vãos de quem se exsuda

Por controlar que lhe acomete,
Os males todos que lhe tombem,
Os bens a que veloz acuda:

Hoje é herói, logo valete,
É baronete, é garçonete:
Corta-se o fio à marionete.

III

Teia de aranha é como te é
O que te apanha e move assim,
Sejam façanhas, feitos reles,

Não! não apeles por um fim,
Não, não quereles com teus deuses,
Que, sem que veles, te conduzem.

Mais te seduzem para crer
No que produzem de ilusão,
Mais te reduzem a brinquedos

Que nos folguedos lhes divertem:
Estejas quedo ou irrequieto,
Tecem enredos pra tua vida.

Cena evolvida só constatas
Que a vida havida em nada passa
Da despedida de um brinquedo.

IV

Quem se chegasse ao ator cômico
Para tirar-lhe sua máscara,
Para mostrá-la, a quem assiste,

De um simples homem simples face,
Não se veria ameaçado
Pela plateia em pura fúria?

Vendo os atores tão desnudos,
Com suas rugas e carecas,
Tal assistência que carrega

Ela também seus atavios,
Põe-se em alerta, grita em medo
De que os disfarces que ora tombam

De seus atores, tombarão
De todo mundo e já farão
Deixar o mundo de ser sombras.

V

O meu papel: meu eu poético,
Mesmo poético que seja,
Já não me esconde nem traveste.

Sobra-me aqui parte de orelha,
Sobra nariz por que se veja
Um eu poético quebrado.

Máscara tênue que ponha,
Este eu inteiro relampeja
Sob o papel representado

De um eu que tanto se assemelha
Ao eu que só tal coisa almeja:
Mostrar-se um eu esbugalhado,

Que parentético, em disfarce,
Todo se entrega de bandeja:
Veja, está nu! – meu eu poético.

VI

De mui simplório a discreto
Fazendo vai-se Sancho Pança:
Isso que somos, que seremos

Simples comédia se assemelha:
Um entra velho, outro criança,
Entra pontífice, rufião,

Entra esta dama, o enamorado,
Entram os reis e os cavaleiros,
Vêm embusteiros e soldados...

Logo que a peça chega ao fim
Saem os segundos e os primeiros,
Sai o Quixote ao camarim,

Tiram-se as roupas – e a lambança
Deixada por insana dança
Cabe limpar aos Sanchos Panças.

VII

Dizem a vida ser teatro
No qual os grandes e os pequenos
Vicissitudes se repartem.

Quem entra grande assim num ato
Pode mudar-se, o enredo pleno,
E é em pequeno que então parte.

E dizem mais: quem é pequeno,
Por obras tais de engenho e arte,
Grande talvez parta sereno.

Tantos dizeres, puro engano,
Em que não crê nenhum pequeno,
A quem só cabe uma certeza:

Que, finda a cena, ano e mais ano,
O vão mandar, com mero aceno,
Fazer, dos teatros, a limpeza.

VIII

Desce do palco, que a plateia
Segue vazia de assistência.
Sobram atores, que Adrasteia

Força a papéis mal escolhidos:
Reis não há mais, há só plebeia
Gente a tentar fugir do olvido.

Passa-se assim a temporada,
Sem de nenhum ato cumprido
Haver quem tenha visto nada.

Da multidão de tais atores
Que para atores mostram cada
Fado que cumprem, se não fores

Tolo que iludem com seus truques –
Vem pra plateia, pra assistência:
Vai deletar-te o facebook.

T O P O G R A F I A S

para fernando
físico

M A I S
(U M)
N A D A

1

Amo as ruínas
Não pelo passado
– De passado não me curo –
Amo as ruínas
Pelo que têm de futuro

Tudo que amo
Quisera que se arruinasse
– No passado do futuro –
Tudo que amo
Em seu contorno puro

A santidade de Delfos
Nobreza de Machu-Pichu
– Grandezas altissonantes –
É o futuro que espero
Para meu belo horizonte

As cidades que eu amo
– Pois que arruinadas estarão –
As quero altivas ruínas
Com a pátina do tempo
Inscrita em cada esquina

Eu amo o tempo
Arruinante sempre em fluxo
Que de cada fragmento
Tira tudo que a mais
Produz puros monumentos

Amo as cidades
Em seu futuro cruel
Em suas puras ruínas:
No tempo que a elas leva
Cada ruir me ensina

2

Essas ruas sinuosas
Me recuso entendê-las:
Seguem à busca de rimas,
Mas eu não rimo com estrelas.

O sol não sabe onde bate,
Se à esquerda, se à direita,
Cada qual tem sua parte
Na sombra, no sol-estrela.

Cidade que olha de esguelha
A cada janela aberta.
Em cada beco me espelha,
Em cada esquina me acerta.

Não quero ter rimas ricas
Nem muito menos das pobres.
Rimas são só tias tísicas –
Por quem os sinos que dobrem!

Sobe a rua, sobre a rua
Desce a lua, casa tua,
Rua torta, rua desce:
Eme-é-erre-dê-a-esse.

Toma ritmo, vai em frente.
(Não falo eu de Tiradentes.)
Quem quiser que se arrebente
No passeio, na calçada:

Ninguém fica a dever nada,
Ninguém nada tem de ter.
Tenho a vida tão passada,
Só me falta só morrer.

O que tinha já perdi.
O que não tinha não vi.
Nestas ruas sinuosas
Passo a passo: já morri.

Ao passeio da direita
E já àquele contrário,
Ninguém nunca a si ajeita
Ao sol que joga ____ contrário

Na cidade de Ouro Preto
Não existe este inferno:
Que o poema que eu escrevo
Precise ser pós-moderno.

Posso usar de quantas rimas,
Posso rimar com estrelas:
Prima, firma, lima, arrima:
Estrelas: não posso vê-las.

3

La maison de mon père était vaste et commode
Merecia de mim um soneto ou uma ode
Carlos Drummond de Andrade

Eu não tenho raiz e meu triste horizonte
Não me logra lançar nem um passo adiante

Minha terra é minério, minha água é impura
A minha alma de pedra em dureza perdura

Se entre morros nasci, tão distante era a era
Que de antiga tem rio que não corre – só espera

Meu umbigo que jaz no quintal de meu pai
O meu corpo desfaz, com meus ossos se esvai

Eu não tenho lugar de que diga que é meu
Só me resta vagar sempre em busca do teu

Chão de terra e de lama que a dor só inflama
Em meu peito a romper com ardor fria chama

Pois me falta a raiz em remoto passado
Que pudesse prover-me ao presente um estado

Já não tenho futuro a esperar algum dia
Todo tempo contém-me esta vida vazia

Sem raiz, horizonte, montanhas e rio
Que não corre, me espera, este pobre sem brio

Nada resta de mim – me salvar ninguém pode:
La maison de mon père a bati mon exode

4

No teatro em Sabará,
Num século dos de atrás,
Esteve o Imperador,
Sentado em lugar de gala
Onde o viu minha bisavó,
No meio da gente rala.

Eu não vi Imperadores
Nem vi nenhuns Sabarás
Muito menos bisavós;
Mas pelos olhos que viram
Viram os olhos que não viram
Impresso em DNA:

O homem gordo pequeno,
De casaca, sem coroa;
Os chapéus lançados alto,
Os vivas a longo império,
A esse império tão longo
Que à frente cairá.

No liceu com internato
O que viu o Imperador?
Quem traduziu Tito Lívio
Bem o fez e agradou;
Quem recitou em francês
Mostrou muito má pronúncia;

Geografia e geometria
Pareceu pura bagunça.
Quando enfim ele adentrou
Na velha igreja do Carmo,
Aos olhos vesgos do Rei
Nada em pasmo o deixou;

Nem Santa Teresa mestra,
Tampouco Simão Stock,
Ambos frutos do estoque
Das visões e das mãos destras
Do sem-mãos aleijadinho,
Que não deixou ao Rei pasmo.

O jantar às cinco e meia,
Te Deum logo após no Carmo:
Ruim música e pregou
O vigário, que é irmão
De um tal cônego Roussin,
Que não ouvi – bom pra mim!

Tantas ruas têm ladeiras
E são calçadas de pedras
Que espetam todos os pés,
Até os pés do Imperador.
Papudos lhe causam pasmo:
Culpa d’água e do calor.

Ninguém houve que lhe disse,
Nas ruas de Sabará,
Que mais dia, menos dia
Seu império cairá,
Muito antes que destruam
O sítio de Sabará.

Imperador nunca vi
Nem os Sabarabuçus,
Tampouco a bisavó
Com que vi o que não vi,
Com quem senti tanto dó:
Desenleio apenas. Só.

5

Toda história começa num começar antes:
Nem ao menos nascido ou ao mais engendrado
Em lugar todo alheio teceram-se os fados:
Velho rio que ao meio lhe corre esta ponte

A cidade divide que vai pelo monte
Veios correm-lhe dentro nesta água que turva
Com riquezas as mentes do povo perturba
Todo instante essa turba que cruza esta ponte:

Cruza dama com bispo e a gente imprevista
Cruza o jugo a bateia e o de fora por onde
Todo povo na veia ao ouro responde
Sem palavra nem meia essa gente arrivista:

A cidade desenha-se em seu horizonte
Vai Maria derrama se amarra com Ana
Pela rua direita quem passa se afana
Pelos fundos da Sé ao coreto defronte:

Mas na ponte é que passa o fadado destino
Atravessa o marido e fantasmas remói
O ciúme malino o seu peito corrói
A mulher atravessa sem pôr nenhum tino:

Esta noite três tiros: barco de Caronte
Sua história conclui: quarto da Pensão Pontes

6

Águas rolam nas pedras sob a velha ponte
Que me acolhe e me espera em cachoeira do campo.
Eras rolam, me envolvem: princípio da fonte
De memória de águas em que só me estampo.

Vem a tarde, atravesso nas brumas a pé,
Vem a noite, atravesso em meio a pirilampos;
A dois passos, a três: matriz de Nazaré,
O momento fugaz: estupor de olhos amplos.

Por paredes que cobrem pinturas e talhas
Que com olhos primevos prima vez contemplo,
A visão alumbrada meu peito retalha,
A beleza encarnada fornece-me exemplo.

O meu peito em lembranças que lhe vão aos trancos,
Nesta tarde arruinada atravessa esta ponte
Que, de pedra, atravessa Cachoeira do Campo.
Rolam n'água os momentos: cachoeira do tempo.

7

Faltam palavras pra dizer o mundo?
Ou falta mundo pra tantas palavras?

Palavras faltavam no jardim:
E quando cão disse ele – Adão –
Para chamar o cão
Havia muito mundo
O cão que era assim a coisa cão
No mundo profundo
Perdeu de si

Não era assim nada vasto mundo
Só muito mundo enfim
Pequeno no jardim
Muito é palavra que já sobra
Pois ao olhar sua obra
Via isto só: um mundo
Duro em si

Cada palavra nova dobra
Dobrando o esforço do primevo pai
Já não sabia para onde vai
Luta renhida que a luta impele
Vencida a tarde mais a noite vã
Resta manhã que outra vez excele
Mais mundo surge a pedir palavra
Mais mundo ali

Tarde manhã sucessão de dias
Mundo rendido cão que não se rende
E a palavra se é que então havia
Com o mundo agora é que não se entende
Cada palavra em multiplicação
Tira do mundo mas restam manhãs
Do cão retira o que já não tem
Muito de si

Pra que, deus meu! pra que tanta palavra?
É o que dizia em seu coração
O pai primeiro entregue à sua obra
Que só se dobra e só se diz em vão
Faltam palavras pra dizer o mundo?
Ou falta mundo pra tanta palavra?
Se digo cão vem a manhã que resta
E o javali

E quando a mãe que era dos viventes
Pelo jardim seguia o seu rabi
Era inocente não tinha intenção:
Com os olhos seus vermelho viu
Então sorriu, pensou em si
Disse maçã: __________

Faltou manhã

CONHECETE*ATIMESMO

para Magda
filósofa

M A I S

(U M)

N A D A

I

Para já nos prometem vida eterna
Quase: nessas promessas de mil anos
Sem incômodos dos corpos e os males
De Titono engano de mais promessas

Nada: por mim só digo nada impeça
No momento dado plena acolhida
Que hora vinda diga eu nunca funesta
Ser por ora vir que comigo marca

Sim: por três vezes me cortaram Parcas
O fio remendado pelos filhos
De Esculápio que não creem nos vates
Que em Babilônia vaticinam lotes

Não digas hora tua ser má sorte
Que apavora: mas te passar tal hora
O dia a mais e o risco de invejar
A pedra que a ti sobreviverá

Há pedras de mil anos: sei que as há
Por isso são inertes: não as toca
Nunca a das gentes que não sabem nada
Indesejada: ah que tolo indesejo!

Pedras não sobrevivem se ao cortejo
Dos que se finam as furtaram deuses:
Não sobrevivem pois não vivem: são!
Como seus deuses que estão lá mas não

Sabem do que é viver: imortais vão
Sangue não têm e a expectação tampouco
A qual corrói o coração vivente
Que corre para o que sente o destrói

Eles não sabem viver quanto dói
Deuses e pedras não sabem que dói
Sem dor nada de vida te é devida
A mais que à efemérida fugaz

Olha p'r'os deuses: faze-te sagaz:
Como se foram todos: os dos-ares
Do-céu do-mar do-fogo e subterrâneos
Trinta mil somam tantos mais talvez

Olha p'r'os deuses: seu partir se fez
Não no arrebatamento da agonia
Não como ao sem remédio dura entrega:
Eles se foram só por puro tédio

Quando ora te prometem prazo nédio
Para: contempla aqueles que não sabem
Dos males de Titono: a juventude
Quando não passa em tédio se resolve

Se te dão corpo sem males: devolve!
Que te transplantem tudo e mesmo o siso
Os filhos de Esculápio: desconfia!
Do tédio não te livrarão um dia

Que novidade te trazer podia
Um mundo com mil anos? mais enganos
Mesa farta: bebida boa: orgasmos
Saciedade estafa amuo enfado

Cada minuto além do tempo dado
Chora: carpe o teu dia veste luto
Se o teu limite te parecer curto
Olha a libélula de breve vida

Quando o sol vê já vem a despedida
Ela se vai e o que tem visto tem
Nada a atormenta que ora venha a hora
É como chega que ela vai embora

Aos que te acenam com mais vida agora
Dize-lhes que sem pressa e sem retardo
A indesejada na tua casa aguardas
Venha nem antes nem tão bem depois

Posta tua mesa e a refeição p'ra dois
Não estará: decerto escrito o livro
Não achará: mas tu desavisado
Sem dias p'ra carpir sem hora para

Este é teu fado: vê pesa e compara:
À roda viu teu pai e à carruagem
Ao automóvel avião foguete
Mais do papiro à carta e então ao livro

De joguete do novo é que te livro
Novo p'ra sempre novo acaba estorvo
Só de dejetos que se faz a vida
Limo: borra: lodo: porra: e retorno

Pedra que fica em paz e sem transtorno
Não parte é que te cabe: não teu fado
Parte: vai sem querer desconto ou ágio
Promessas de mil anos não socorrem

A vida é apanágio dos que morrem

II

No campo verde dá-se o previsível
Mais uma vez: sem nada p'ra notar
Que a seiva se esgotou no tronco forte
Sem nada parecer o consumisse

Das folhas amarelas quem as visse
Diria ser produtos da estação
Nada porém de externo as atingia
Nem era a maltratá-las brando inverno

Embates duros sempre vão internos
A quem combate: dimensão da vida
Que se corrói naquilo de que vive
Em luta contra a imensidão do nada

A correnteza contra a qual se nada
Não deixa vencedores: só vencidos
Tudo se rende ao canto da Sereia
Na praia parda: campo de esqueletos

De brancos ossos toscos amuletos
Que ao duro Ulisses dão falso retorno:
Deitado com Penélope de noite
O tronco velho infunde-lhe vazio

O canto não sabia o quão sombrio
E tolo imaginava ter vencido
Se folhas há perfeitas galhos fortes
Só há nos campos verdes do empíreo

Onde viceja nada que é funéreo
E verde em folha seca não resolve:
A folha pura em perfeição da forma
Ao preço de que seiva não lhe corra

Ao preço de ninguém haver que incorra
Nas falsas esperanças desta vida:
Devida experiência já tivera
Calipso a existência lhe ensinara

Dos deuses imortais: seca seara
De noite desviver ele prefere
Que a seiva se esgotou no tronco forte
E tudo consumiu que havia de árvore

Tornada estela – enfim – qual branco mármore

III

O deus de que o oráculo é em Delfos
Solerte ensina: nada em excesso
Nada exceder não é medida humana
O deus engana para nos perder

Ciosos são os deuses de seu ser
E para si conservam os seus bens
Passando o tempo em pura desmedida
Imortalidade: desejos: planos

Para cumprir desejos mais insanos:
Nada em excesso eles nos determinam
Porque de nós humanos quem se excede
Galga as alturas do que é divino

Assim foi como o poder de Ugolino
Destacado tornar-se o fez no Inferno
Assim foi como este Édipo assassino
A Colono tornou-se benfazejo

O deus não compreende isto que almejo
Excessos em amor dor e saudade
Em vaidade fúria e mais luxúria
É tudo que de nós nos faz humanos

E só quem vive nesta conta de anos
Sabe que não me excedo por ganância
Por fraqueza torpeza valentia
Pois que me excedo só por puro medo

A taça que não bebo e que concedo
À virtude de Apolo que me acossa
Não sei quando me possa dar do vinho
Que dará hoje: e se hoje nada sorvo

Duas três vezes sem me pôr estorvo
Amanhã quem dirá: e o doce amplexo
Que nos conduz no sexo a tais lampejos
Em um dois três momentos tão somente

Teu viver dura-te excessivamente
Pouco: coisa futura é excessiva-
Mente incerta: de nada vale mente
Ex-ces-si-va-men... tenaz mente fraca!

Com tais excessos sempre viver arca
Deu-nos a Parca não mais que este lote
Estar co'o que é de menos em recesso
Sem ao menos acesso a outro atalho

Por onde se safar (mas que caralho!)
O oráculo que em Delfos diz do deus
Em nada vai tolher-te teus excessos
Colhe teu dia: vai: lança-te: voa

Simples excessos de homem te perdoa

IIII

Caminhos bifurcados caso houvera
Terias neste mundo melhor sorte
A cada revés dar-te alternativa
Prerrogativa p'ra escolher a meta

Não fora só ficção desses poetas
Seria verdadeira mão na roda:
Mudança no acidente de teu filho
Desvio à de teu pai vida de agruras

De teu avô a cura da loucura
E das mulheres a libertação
Das avós submissas tua mãe
Das tias velhas que se vão sem brilho

Retorno em imprevistos empecilhos
Reviravolta em cada traição:
Caminhos bifurcados caso houvera –
Te dariam comando à perfeição

Como ao controle da televisão

V

Conhece-te a ti mesmo: este conselho
O que será? olhar-se no espelho?
Chamar-se pelo nome? sentir nos
Artelhos o reumatismo? (que merda!)

Seria investigar tudo o que se herda
Com os psicanalistas num divã
Recostado a pesquisas vãs entregue?
Sonhos: ego: libido: id: e mais Freud

(Id est: reponho: assim que tudo fode!)
A confessor bisonho de joelhos
Se pôr p'ra recitar avemarias
– Teus pecados antes que morras (porra!

Não matei não roubei e ao que me ocorra
Do próximo as mulheres só de leve
Desejei!): se aos filósofos recorro
Que se dizem socorro de minh'alma

Medem: pesam: definem (vou com calma...)
Sem que atinem co'o que meu peito oprime
Diz um que chore: este outro diz que ria
O mundo explore: ensalmos que recite

Sem que afinal nenhum dizer-te hesite
Não sei: nem sabes tu: duvida apenas
És produto das penas deste mundo
Que nascer te viu (pu-ta-que-pa-riu!)

Conhece-te a ti mesmo: nunca para
Políticos artistas quiropatas
Dentistas conselheiros homeopatas
Mais a literatura de auto ajuda

(Literatura? pô!: literatura
Se algo ajuda não é literatura
Literatura: espinho que incomoda
Que me diz não: me tira o chão: desfaz-

Me o ser por assim ser dura e veraz

VI

Conhece-te a ti mesmo: não te iludas
Imaginando estradas bifurcadas
A mão na roda em vez desse funil
Em que tua vida sem controle vai

Se Apolo em seu apelo inda te atrai
Lembra que os deuses são de nós espelhos
E se parecem que nos dizem algo
Como fidalgos falam de si mesmos

Se deus te diz: conhece-te a ti mesmo
Dizer-te quer: conhece-me primeiro
Do meu excesso vêm tuas carências
Da minha ardência tuas restrições

Contempla o transcorrer das estações
Das árvores os troncos que eram fortes
No campo verde em lenha estão mudados
Conhece-te nas folhas que ressecam

Se aquilo que tu és deuses dissecam
O que há de essencial em ti conhecem
Guardam p'ra si todo 'in' te dão 'mortal'
Qual deram para os teus heróis antigos

Nenhum há que escapou do que te digo
O calcanhar Aquiles consumiu
O medo a Gilgamesh aniquilou
Eneias não salvou-se por ser pio

O que tens de saber que te anuncio
É coisa só: tua simples condição
De perecível: mais além não mires
Porque no fim partir é o que te é dado

Viver o teu instante é o teu fado

SONETO PART'IDO

ao pedro

M A I S

(U M)

N A D A

aquele que partiu e que me parte
a dia a dia: vou despedaçado

sem mar, me afogo a seco no salgado
sem pé, sem fé, não tenho engenho ou arte

que caminho te tem arrebatado?
caminho em que nada se comparte

à lua, ou a teu sol, vênus ou marte
à terra, a fundo, a mundo, a nada, a fado

lembranças só te não farão presente
nem te pensar é coisa que me farte

estou aqui e lido co'o ausente
só me resta fazer a minha parte:

desejo como só quem perde sente
e a ti partido só me resta amar-te

SOBRE O AUTOR

Jacyntho Lins Brandão é professor emérito da Universidade Federal de Minas Gerais, onde lecionou língua e literatura grega de 1977 a 2018, tendo exercido ainda os cargos de diretor da Faculdade de Letras (1990–1994 e 2006–2010) e vice-reitor (1994–1998). Doutor em Letras Clássicas pela Universidade de São Paulo (1992), foi professor-visitante da Universidade de Aveiro, em Portugal (1998–1999). É sócio-fundador da Sociedade Brasileira de Estudos Clássicos, da qual foi o primeiro secretário (1985–1987), além de presidente (1991–1993) e tesoureiro (2004–2005). Desde 2018 é membro da Academia Mineira de Letras. Publicou livros sobre a literatura grega, *A poética do hipocentauro: literatura, sociedade e discurso ficcional em Luciano de Samósata* (Editora UFMG, 2001), *A invenção do romance* (Editora UnB, 2005), *Antiga musa: arqueologia da ficção* (Relicário, 2015). Traduziu, do grego, *Como se deve escrever a história*, de Luciano de Samósata (Tessitura, 2009), bem como, do acádio, *Ele que o abismo viu: epopeia de Gilgámesh* (Autêntica, 2017) e *Ao Kurnugu, terra sem retorno: descida de Ishtar ao mundo dos mortos* (Kotter, 2019). É autor ainda de obras de ficção: *Relicário* (José Olympio, 1982), *O fosso de Babel* (Nova Fronteira, 1997), *Que venha a Senhora Dona* (Tessitura, 2007).

1ª edição [2020]

Esta obra foi composta em Mercury
sobre papel Pólen Bold 90 g/m²
para a Quixote+Do Editoras Associadas.

MISTO
Papel proveniente de
fontes responsáveis
FSC® C092828
FSC
www.fsc.org

PRINTED WITH
SOY INK®